U0100943

管弦乐序曲

Lü Qiming

JIAO YULU

OVERTURE

SCORE

(1999)

吕其明

焦裕禄

总谱

上海音乐出版社

SHANGHAI MUSIC PUBLISHING HOUSE

管弦乐序曲
《焦裕禄》

　　焦裕禄，一位顶天立地的共产党人，受命于危难之际，来到多灾多难的兰考。为了推倒压在兰考人身上的贫困大山，他日以继夜地忘我工作，终于积劳成疾，献出了宝贵的生命。兰考人怀着巨大的悲痛，踏着沉重脚步为好书记送葬，人民呼唤焦裕禄精神。

　　序曲以故事影片《焦裕禄》原创音乐为素材，乐曲有着较浓郁的河南地方音乐风格，中西混合乐队演奏。乐曲纯朴、感人，以寄托对人民公仆焦裕禄的缅怀、崇敬和赞颂之情。

作者

Overture
"Jiao Yulu"

Jiao Yulu, a Communist of gigantic stature, was commissioned and went to the catastrophic Lankao when faced with danger and disaster. He worked round the clock but broke down under the strain of long years of strenuous work to death just in order to push over the mountainous poverty for the people of Lankao. With heavy footsteps, the local people joined the funeral procession of him in tremendous grief. Everyone asked for the spirit of Jiao Yulu.

This overture is based on the original music of the movie "Jiao Yulu", and is played by mixed band of West and East. This composition, which is simple but full of motions, has a distinctive flavor of Henan Province. It is also presented politely to Jiao Yulu, the public servant, to place our reverence, cherishment and extolment on him.

Composer

乐 队 编 制
Orchestra

曲笛	**Qù Dí**	**Qù Dí**
笙	**sheng**	**sheng**
唢呐	**suo na**	**suo na**
管子	**guan zi**	**guan zi**
板胡	**ban hu**	**ban hu**
二胡 (2把)	**er hu**	**er hu**
中胡 (2把)	**zhong hu**	**zhong hu**
琵琶	**pí pá**	**pí pá**
扬琴	**yang qin**	**yang qin**
古筝	**zheng**	**zheng**
长笛 (2支)	**Flautt**	**Fl**
双簧管 (2支) (兼英国管)	**Oboi(comoingiese)**	**Ob (cingII)**
单簧管 (†B) (2支)	**Claneti(†B)**	**Cl**
大管 (2支)	**Fagotti**	**Fag**
圆号 (F) (4支)	**Corni**	**Cor**
小号 (†B) (3支)	**Tromboni(†B)**	**Trbn**
长号 (3支)	**Tromboni**	**Trbn**
大号	**Tuba**	**Tuba**
定音鼓 (4架)	**Timpani**	**Timp**
小军鼓	**Tambuyo**	**Tamb**
钗	**Piatti**	**Piat.**
大鼓	**Gran Cassa**	**G.C.**
大锣	**Tam-Tam**	**Tam-t.**
男声齐唱 (30人)	**Coromaschile**	**C.m.**
第一小提琴	**Violini**	**Vl.I**
第二小提琴	**Violini**	**Vl.II**
中提琴	**Viole**	**Vle**
大提琴	**Violoncelli**	**VC.**
低音提琴	**Contrabassi**	**Cb**

焦 裕 禄
Jiao Yulu

吕 其 明
Lü Qiming

14

后 记

　　半个世纪以来，我在从事电影音乐创作的同时，也写了一些管弦乐作品，我希望为年青的中国交响乐事业的发展，做一点力所能及的、面向广大听众的普及工作，五部作品的出版，就是其中的部分创作成果。

　　《吕其明管弦乐作品选集》和 CD 的出版，得到上海市文化发展基金会、上海市文联、上海市音协、上海音乐出版社和上海交响乐团以及音乐界朋友的大力支持。在此谨表示最诚挚的敬意与感谢。

作者